Los oficiales
y el destino de Cordelia

Personalia de El Aleph

Ray Loriga
Los oficiales
y el destino de Cordelia

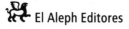 El Aleph Editores

Quedan rigurosamente prohibidas, sin la autorización escrita de los titulares del *copyright*, bajo las sanciones establecidas en las leyes, la reproducción total o parcial de esta obra por cualquier medio o procedimiento, comprendidos la reprografía y el tratamiento informático, y la distribución de ejemplares de ella mediante alquiler o préstamo públicos.

Primera edición: junio de 2009

© Ray Loriga, 2009
© de esta edición: Grup Editorial 62, S. L. U.
El Aleph Editores
Peu de la Creu, 4, 08001 Barcelona
correu@grup62.com
www.grup62.com

Fotocompuesto en Víctor Igual, S. L.
Impreso en Liberdúplex, S. L.
ISBN: 978-84-7669-879-2
Depósito legal: B. 17.879-2009

Para Fátima De Burnay

LOS OFICIALES

Como todos los oficiales, se enamoró de un soldado.

No con el amor que lleva a un hombre a enamorarse de otro, pues esa no era su condición, ni la condición de su deseo, ni siquiera la naturaleza de sus caprichos, sino con la extraña certeza de que estar frente a ese muchacho, era, en aquel lugar y en aquel momento, su obligación.

En otro mundo, se decía, las cosas serían muy distintas, pero lo cierto es que no había más mundo que ese.

Habría que contar qué guerra es esta, y qué soldados, y qué oficiales, pero no conseguiríamos más que distraernos del tema.

Tampoco es importante el nombre del oficial o del soldado, los nombres se olvidan si no son recordados por encima de su importancia.

De la batalla ya nos habla el ruido de las bombas, el fuego a lo lejos, la muerte de cerca.

A veces hay que caminar por una historia sin preguntar nada. Nada nos informa mientras caminamos.

Tal vez un mapa, un apunte en la libreta, una postal comprada en un quiosco, cosas tan pequeñas que sólo un insensato guardaría.

De los soldados habría que contar, sin embargo, la razón de su cansancio, el peso de sus armas, el nombre de sus muertos, pero no sería justo. Los que luchan tienen derecho a ser perdonados.

Para sus madres sólo un recuerdo, porque duermen cerca de camas vacías que guardan niños que están muy lejos y por esos favores siempre hay que dar las gracias con un beso en la frente.

Del Dios al que rezan, ni una palabra.

Sucedió en la cantina, donde los soldados se juntaban para beber y cantar y que a veces se convertía, con la ayuda de una cortina y muchas cervezas, en teatro.

Allí estaba el oficial, entre oficiales, y desde allí miraba, entre soldados.

Allí conoció al bufón que le imitaba.

Allí se reconoció.

Allí se enamoró del joven soldado que imitaba sus gestos.

Allí se puso por fin un nombre que escondió entre los pliegues de su camisa. Debajo del uniforme.

Los oficiales no imitan a los soldados, su importancia es otra, ni comparten bromas con cualquiera, pero a veces disfrutan de entretenimientos menores y descansan junto al ruidoso humor de los bufones.

Los oficiales también están lejos de casa.

Después nunca dicen nada entre ellos del tiempo compartido con la tropa. Sus obligaciones reclaman un comportamiento diferente.

Sus botas sobre la mesa de la cantina se posan de nuevo en el suelo, se abotonan las guerreras, se recogen las gorras del suelo. Vuelven a sonar las medallas.

De sus casas no diremos nada, tienen puertas y ventanas, y algunas, las más afortunadas, jardines, y los jardines afortunados de entre todos los jardines, tienen árboles, y de las ramas más fuertes de esos árboles cuelgan frutas, pero sólo en temporada.

También se puede contar una historia con cuidado, como quien entra en una tienda y teme tocar nada, pues no puede condenarse a una compra ni a una deuda.

Después de la muerte del soldado, el oficial llevó por mucho tiempo un sombrero hongo que finalmente abandonó en las aguas de un río, pero eso pasó después.

    Aunque no está de más decir ahora, que a veces las historias adivinan.

Si algo desprecia este oficial de sus soldados es su grotesco entusiasmo y sus quejas constantes, el poco aprecio por la causa, su glotonería, su insensato coraje y su arbitraria cobardía. Ese avanzar para nada, pesadamente, y ese huir de pronto. Su manera de dar la vida sin saber por qué, su buena disposición y su arrojo. Su capacidad ilimitada para la felicidad y la tristeza. Sus mentiras y la manera de engañarse unos a otros como si no fueran camaradas.

Desprecia las mentiras de cada uno de los hombres a su mando y desprecia lo que hacen de veras sin apenas darle mérito.

Lo que de verdad detesta el oficial, es la generosidad de los soldados.

También entre los oficiales se cuentan mentiras. Se presume de favores que no se han hecho, se niega el nombre de ciertas damas que no merecen sino el reconocimiento a sus desvelos, se habla de haciendas embargadas como si fueran propiedades, y de títulos nobiliarios que no adornan sino a primos muy lejanos, a completos desconocidos.

En ciertos bares nunca han estado estos oficiales y, sin embargo, allí se les recuerda. Por algunas calles no han pasado, ni siquiera en esas noches sin luna que tienen la delicadeza de proteger todos los secretos.

Algunos besos, según ellos, no los han dado nunca.

Del teatro recuerda el oficial sólo al joven soldado. Se pregunta por qué. No era más que una grosera imitación de la pretendida nobleza y la impostada elegancia de un oficial cualquiera. Tal vez un ademán, uno nada más, era suyo. Los otros oficiales se rieron con ganas cuando el «actor» se quitó la gorra para acariciarse el cabello, como hace él en el campo de batalla antes de dar la orden de ataque.

Un hombre tocado en la batalla no debería preocuparse por su peinado, pero esa pequeña vanidad le conforta. Jamás se le ocurrió pensar que diera lugar a la burla o al homenaje. No pensó que ese gesto pudiera ser tenido en cuenta.

Se sintió incómodo y halagado.

Se veía a sí mismo como un fantasma cuya presencia sólo pudiera ser imaginada. En la rutina del campamento fingía no existir sino en la repetición anónima de sus obligaciones. En el combate se sumaba al esfuerzo y el valor común.

En los ojos de los demás, al parecer, su presencia era real.

Tampoco importaba demasiado, la única obligación del oficial es morir al final del día.

Había algo más en la representación del joven soldado. Algo que no pertenecía al oficial. Una felicidad de la que no podía apropiarse. Entretener y hacer feliz, bromear, apartar por un segundo la bruma de esta vida sin firma que es la guerra. El oficial no era dueño de ninguna de esas capacidades.

La habilidad del joven soldado para atraer las miradas, su elegancia y exactitud al construir su charada, en fin, su gracia, eran propias del actor, ajenas a lo representado. De igual manera que el dinero falso nos habla de un talento y una riqueza superior al dinero.

Moneda corriente, se dice con razón, frente al prodigio de la moneda falsa.

Tan importante es la obediencia como la burla.

En la pequeña escaramuza de la mañana, apenas recordó nuestro oficial el burdo teatro. Si acaso una vez, cuando se sintió, al silbar de las balas, más altivo, puede que más insensato o más valiente, tal vez protegido por el honor de haber merecido una réplica, una imitación, un plagio.

Decir que se multiplicó sería exagerado, pero puede que se desdoblase y puede que su presencia en la batalla tuviese de pronto una importancia regalada.

Difícil de saber en cualquier caso. El combate tiene sus propias distracciones.

La muerte del soldado no la vio, porque a menudo no se ven las muertes de los otros. Si la farsa del bufón era un regalo, su muerte es un castigo que el oficial no ha exigido.

El frío no se imagina, el dolor no se intuye, nada se comparte en realidad. El que murió por nosotros murió por nada. No hay más que una condición.

Imaginar muchos es jugar a no sabernos solos.

Las cruces no dicen he vivido. Los dioses tienen nombres que recordamos, no les pidamos a los dioses el mismo cuidado.

Se puede morir sin haber sido.

Los dioses y los niños lo saben.

Sin embargo el oficial, en la muerte del soldado, se sabrá robado.

¿No desposeía el amor de la misma manera?

De lo que se dio sólo responden las cenizas, se enterró y se descubrió el tesoro, no con otra mano, sino con la misma.

El fuego estaba ahí, nadie lo encendió.

El humo imagina la chimenea, la chimenea supone la casa, la casa inventa a sus fantasmas. Los sueños traicionan la vida caminando para atrás, hasta el lugar donde no hay nada.
    Se camina a crédito, se lucha de prestado, se vence en un sueño, sólo se comparece en la derrota.

Esa noche traía la muerte, como los trenes traen las cargas más pesadas, sin desfallecer y puntualmente.

Y así se llevó la muerte al joven soldado, una bala, una bandera, y el resto de la rutina. En la guerra mueren casi todos y a veces, también, nosotros.

A los pies del oficial, el soldado de la cantina. El bufón, aquel que imitaba sus gestos, el que llevaba su nombre.

El oficial apunta en su cuaderno, como se apuntan todas las bajas, porque ese es también su trabajo. El resto de los oficiales temen haber mandado a sus hombres a la locura. Él no tiene miedo de haber matado, si acaso de estar ya muerto.

No va a llorar por cada soldado, ni tampoco por este, cada hombre tiene una oportunidad para no morir y eso un buen oficial lo sabe.

Nuestro oficial no quiere retirar el nombre de su soldado de las listas diminutas de la gloria.

Con su pena no se harán soldados más pequeños.

No tiene flores en las manos, pero a los pies de su soldado, deja en cambio su propia vida, como quien deja una mirada en un café lleno de señoritas.

En el dormitorio, el oficial no duerme. Tiene lo que nadie debe tener, lo que no está permitido. Morir entre la inocencia de los soldados no es algo que un oficial pueda regalarse.

Su paz escapa a su rango y al rango de su promesa y esa deuda le roba el sueño.

El dormitorio de oficiales es la habitación de los fantasmas, las ropas que cuelgan de las perchas las han cosido otras manos y las cuidan hombres muertos. Los oficiales sólo las ocupan con una dignidad prestada.

El oficial lo sabe, y da vueltas mientras los sueños le evitan, como se evita al ladrón en las plazas concurridas.

Por una vez reza porque el fuego y los cañones lleguen pronto, las llamas son ahora su consuelo.

¿Acaso le copiaba, el soldado, precisamente a él? ¿No son iguales todos los oficiales? En eso consiste su entrenamiento. ¿No son gestos, a su vez imitados, los que ennoblecen su figura?

Hay una escuela donde se aprenden estas cosas.

¿De dónde entonces esta arrogancia y esta deuda?

Un soldado cualquiera imita a un oficial cualquiera en la cantina, ¡menudo asunto!

Un espejo se presenta puntualmente a la cita de todos y cada uno de los objetos, de todos y cada uno de los rostros, sin exigirle su nombre a ninguno.

El oficial prefiere pensar no obstante que es el dueño de lo representado, se hace con la ofensa o el regalo, descarta a todos los oficiales y se elige.

Y al elegirse, se queda solo.

La eterna presunción del parecido. El oficial no se engaña, nada en él es singular, nada le diferencia. El cariño que puso el joven soldado en la parodia no le pertenecía realmente. Tampoco la muerte del muchacho es cosa suya. Si bien es cierto que el encuentro con el doble siempre asegura una muerte, también lo es que los caídos se cuentan por cientos al día. El oficial escribe cartas cada noche a los padres, las esposas, los hermanos de los soldados que abonan ya estas tierras.

¿No son todos los soldados uno sólo y el mismo?

Por qué escribir el nombre del bufón con un temblor diferente.

El oficial repite las labores de cada jornada. Revisa las raciones, visita el arsenal, camina cabizbajo por la enfermería, da palabras de aliento, finge una pena que acompaña solemnemente al dolor, aparta la mirada con discreción ante las heridas más profundas. Consulta con el doctor las necesidades urgentes, apunta en su cuaderno el nombre extraño de las medicinas.

Sujeta la gorra en las manos en señal de respeto por fin descubierto.

Le susurra al doctor, ya en la puerta, las mismas instrucciones de siempre.

No gaste un segundo con los que no pueden ya sino morir y no ahorre esfuerzos con los vivos.

Para qué engañarse, de la muerte del otro se lleva uno el sabor amargo de la más vergonzosa de las alegrías. Cada bala que elige a un hombre con distinto nombre de entre los iguales, se celebra en secreto. ¡Es la guerra! Se llora la cercanía de la muerte, no su mera presencia. Frente a los amputados, en la enfermería, se congratula el oficial de sus hermosas manos, de sus piernas fuertes, de cada una de las cicatrices que aún respiran, de su cuerpo entero. También se festeja con vino tener aún la cabeza despejada cuando se contempla a quienes el miedo ha llevado ya hasta las aguas negras de la locura.

Una guerra en la que caen los otros, es una guerra buena.

Hay que escribir siempre con un libro cerca, a todas las batallas hay que acudir al menos con un compañero. El oficial sabe que el miedo busca aliados, pero no está dispuesto a ceder nada de lo que tiene sin derramar antes su sangre.

Su coraje es sólo suyo.

El reloj de su padre es de oro, pero este tiempo es otro.

Hay quien dice que su mano sujeta el sable con firmeza porque no tiene corazón, pero los soldados hablan mucho entre dos combates, como los oficiales, como las putas.

Al calor de una estufa y entre dos batallas se puede ignorar el valor de un hombre. La guerra sujeta las cosas mejor, con manos más firmes.

El oficial no se inquieta. Su soldado ya ha muerto, el resto de la muerte no cabalga ya contra él, ni a su lado.

De la alegría de contar los muertos y excluir el nombre propio de esa siniestra lista, ya hemos hablado.

De vuelta a la cantina nadie le hace reír, no hay canción que le obligue a una felicidad fingida, no hay cerveza que le calme, no hay amigo que le abrace. El oficial sigue solo. De sus gestos repetidos no queda nada, el bufón que le imitaba ya está enterrado. Recibe cartas de su mujer, con amorosísima constancia, y el oficial las lee con los guantes puestos, pero al leerlas se siente lejos de casa y también lejos de esta batalla.

Sus botas negras, que le animaron antes a caminar sobre el barro, como se animan las cosas insignificantes, mutuamente, ahora sólo arrastran sus pies.

Hay un cansancio que recompensa y hay otro que asusta. El oficial no sabe si podrá hacer también mañana lo que debe hacer un oficial cada día.

En el burdel le saludan dos mujeres que ya conoce. Se descorcha champán que moja las mesas y luego la alfombra, mientras su precio se apunta en una cuenta que el oficial paga sin detenerse a mirarla.

La conversación se alarga más de lo necesario, pero algo hay que decir mientras se espera. Casi todas las habitaciones están ocupadas. Se cruzan saludos, entre oficiales todo está permitido, y todo se ignora.

Las canciones son de amor, como todas las canciones.

Esa noche el oficial duerme acompañado, no hay mujer que no recuerde lejanamente a otra, ni hay hombre que las mujeres no hayan conocido antes.

Sobre la silla su uniforme. Hasta que amanezca no habrá nada que contar, seguramente después tampoco.

El oficial desconoce la importancia de cada ataque. La estrategia general no le compete. La victoria o la derrota no son cosa que deban preocuparle. Su tarea es la batalla, la defensa, el orden. La acción y no la razón, es su empresa. La necesidad o la justicia escapan, afortunadamente, a sus verdaderas obligaciones.

El oficial se emplea en la tarea, no tiene más mapas que los mapas que le han sido dados, ni da otras órdenes que las que ha recibido.

La cadena de mando asegura su inocencia.

La tarea se impone, la decisión se aplaza.

De nuevo la lucha.

Ni que decir tiene que la ausencia de su doble multiplicó su cautela en la batalla y de no haber sido por su coraje hubiese pasado por un cobarde entre las lanzas enemigas. Frente a sus enemigos y sobre todo delante de la tropa ocultó su cobardía con la eficacia reservada para los oficiales. Su miedo estaba muy escondido, y tal vez por eso nadie vio temblar su sable.

Sus guantes cubrían el temor de sus manos, el viento le daba carácter, el mismo que tienen todas las cosas contra el viento.

Jamás dijo no puedo, o estoy vencido, aunque lo estuviera.

Y la guerra, como pasa siempre, se terminó un segundo antes que su valor.

El día siguiente fue un clamor de risas, una alegría, una larga cuenta de los caídos.

Y por fin, otra cosa.

La guerra ha terminado, es un hecho.

El vino dice mentiras, hay abrazos y canciones, y hasta besos, los camaradas perdidos acuden a la fiesta sin miedo, también es suya la victoria.

Los pies por fin libres de las pesadas botas.

Las armas en el suelo, olvidadas.

Muy despacio. Todo sucede muy despacio. Se avanza muy despacio por el barro, se arrastran los cañones muy despacio, apenas se inquietan las líneas enemigas, se demora la pala que cava las trincheras contra la dureza de un suelo que no tiene la naturaleza adecuada para esconder a los hombres, se avanza poco, se retrocede a menudo, se recogen despacio los cuerpos sin vida, se entierran con calma, se reza sin prisa. Despacio vienen a los sueños las imágenes vivas de otra vida distinta y anterior a esta. Lentamente se organiza la tropa, lentamente se retira de vuelta a los barracones. Se demoran las cartas, se miran las fotografías de los nuestros sin prisa alguna. Se acaricia a una mujer que no se conoce con la parsimonia de lo que será después lentamente olvidado.

Todo sucede muy despacio y contra nadie.

Sólo el final se precipita.

En la casa, le espera el vapor en los cristales. El agua tibia en la que se bañan los hijos. La cocina, el dormitorio, el camisón habitado junto a la ventana. Algo que le reclama y algo que le separa.

El lugar del que no sería posible irse y al que es imposible volver.

En el tren se duerme, como se duermen los guerreros en los trenes. El uniforme impecable y ya inútil. La pistola en su funda, a buen recaudo, y tal vez, en el pecho, una medalla que es suya.

Habría que contar con exquisito detalle ciertos paisajes si el oficial tuviera a buena gana abrir los ojos.

No en este viaje.

Se harán cosas con él, que tal vez él permita, y tendrá nombres que tal vez no entienda, pero ahora el oficial está solo y dormido.

Nada puede ofenderle.

Y merece dormir.

Y duerme.

Despierta cerca, pero no allí. Toma café, ya reconoce el campo pero no aún los rostros. Recuerda el viaje hacia la batalla, el viaje de ida. Era el mismo tren y es de suponer que un hombre distinto. De la víspera apenas guarda el calor de aquellos a los que tal vez nunca más vea. Sabe que no los echará de menos.

Repasa su conducta, como quien visita el lugar de un crimen. Se congratula de haber borrado bien sus huellas.

¿Acaso se le podía exigir algo más?

El oficial no se engaña. Adiós es la palabra que no se dice.

La casa no era lo que esperaba, sino la que aún recordaba. Los besos de su mujer, los más hermosos, el olor de sus hijos, el que sus hijos guardaban y daban sin apenas darse cuenta. En su escritorio sus papeles y su pluma. Su ropa en el armario, todavía a su medida. Nada extraño. Sólo le inquieta algo de fuera, dentro de su casa no hay nada malo.

Los lobos, una vez dentro, son los perros de la casa, los que responden a un nombre, los que no dan miedo.

De no haber sido por el joven soldado, pensaba, sería el mismo que era.

La inquietud no nacía de las cosas ni de la luz, sino de la sombra.

Lo real tenía ahora un perfil idéntico y reproducido contra el muro, que le robaba a cada objeto su esencia.

Cuando los suyos cesaron en su alegría, comenzó su pena.

El oficial maldijo entonces el plagio y el cariño y la precisión de la burla, y sin más, habitó esa mentira.

De la virtud de negar lo evidente tiene tantas muestras nuestro oficial como cualquiera. Tampoco se le escapa la necesidad urgente de emprender cualquier proeza con tal de no saberse vencido. Ha entrado en la iglesia y ha escuchado con atención y sabe que aquellos que creen son raros. La cordura se sujeta en paisajes imaginados, no hay maldad en ello, hay que hacerlo. Perdona el oficial la ofensa de los que se permiten la verdad. Le conmueve la invención y la débil naturaleza de los justos. También la navidad le entretiene y se sofoca en los días más calurosos del verano.

No presume el oficial de ser muy distinto, ni le guarda rencor al azar por hacer sus cosas de tan descuidada manera.

En su tumba estará él, obligado por la cita, pero podría haber estado cualquiera.

Sí que dirá algo el oficial antes de irse, pues también ha contraído un compromiso con su tono de voz. Dirá que los que son iguales no le superan un palmo en altura, pedirá un respeto hacia su uniforme prestado y gastado, y un cariño particular por la forma exacta de sus codos. Odiará profundamente a quienes ignoren su existencia entre lo común, y hará de quienes no se saben pequeños sus más grandes enemigos.

Su arrogancia sigue aquí, pero no es la arrogancia de los otros, sino la que los otros le han pedido.

El oficial ya se marcha, como ha venido.

Reposa todo y todo el tiempo, más allá de nuestra prisa. El oficial alarga sus pasos y vigila su sombra. Vestido de calle se sabe más lejos aún de la gloria.

¿Se deja la tarjeta de visita en la bandeja de plata porque se piensa en volver o porque no se acepta todavía que volver es imposible?

¿Cuánto puede estirarse un cuerpo entre lo ya vivido?

El oficial regresa de nuevo.

Lo que ya ha sucedido no importa.

Mañana dice hoy como quien no dice nada.

Y de pronto hay que detenerlo todo, para darle aún otra bofetada. El barco está hecho de lo que aún flota mucho después del naufragio. Hacen mal en no protestar casi todos los hombres. También se equivocan cuando se agarran con las uñas a la causa de sus males.

¡Un poco de sentido del humor, caballeros!

El oficial se ríe y su risa le entretiene.

El oficial se reconoce de pronto entre lo más gracioso del mundo.

El oficial ha bebido demasiado. Digamos que hay duendes que soportan un tamaño que sólo imaginamos. Digamos que hemos poblado los sueños de ladrones, digamos que en realidad estamos solos. Digamos que la ira se agota y la bondad no acude. Digamos que en la historia no buscamos más que nuestra presencia y que en la batalla sólo nos importa aquello que nos señala, aunque sea la muerte.

El oficial se derrumba pero sabe que no tiene más remedio que levantarse de nuevo.

Así, precisamente, se hacen los hombres.

No imaginó otro lugar para él, sino este. Los enemigos son hermanos en la arrogancia. Las víctimas no son menos nobles. Tampoco lo son más.

¿Si un lugar fuese posible? ¿Por qué no este?

La guerra que reclama nuestros nombres no nos conoce.

La desesperación cose con cuidado cada uno de nuestros vestidos.

Y este lazo también adorna a otras mujeres.

Si es ya un espíritu, por qué negarlo. También los ángeles desordenan la casa. Y de la venganza de los ángeles hay datos y se guardan celosos registros.

De la batalla que ha olvidado, sólo recuerda sus guantes.

Que no se diga que ignora su capacidad para el maltrato.

Que no se le robe nada al oficial mientras duerme.

Su importancia se levanta como se levanta la bandera tras la muerte de quien la sujetaba.

Puede ser que el oficial no mienta, pero esa verdad no puede ser comprobada.

En la calle quedan sólo los amigos, los que no han ido a la guerra, los que no han cambiado a sus ojos.

Y la calle misma con sus números intactos y las fuentes y todas las piedras de antes y las verjas de hierro. Los paraguas abiertos, la lluvia ligera, la extrañeza de caminar sin uniforme, la mirada desconfiada a los zapatos. El café y la sorpresa que produce en los demás el no haber muerto.

A los niños se les habla de proezas que el oficial no recuerda haber vivido, pero salta en la conversación y las agranda como si nada. Y se inventa y presume.

Las jovencitas le saben casado, pero aun así, le miran.

Por qué no decirlo, el oficial coquetea.

Su sombrero se levanta un sinfín de veces, tantos son los saludos, y después acaba entre sus dedos, dando vueltas, frente al vino.

Había en su ciudad cosas agradables que ya eran agradables, cuando nadie imaginaba lo inmediato de la guerra, y cosas que le aburrían antes de partir.

Nada tiene una nueva condición.

En los amigos no encontró afectos distintos ni molestias nuevas. En los árboles no reconoció nada que dijese: el tiempo ya ha pasado.

Algunos niños son más altos, pero tampoco había guardado tan celosamente el recuerdo de su estatura exacta.

Al vino le sigue otro vino, y los abrazos tienen un calor que dura sólo un instante.

La risa de los civiles es la risa de los soldados. Las bromas son idénticas. Tal vez eche de menos limpiar sus armas, portar su sable, guardar el plan del próximo ataque a buen recaudo.

Tal vez añore su importancia y la obediencia obligada de quienes luchaban y morían a su mando.

Por lo demás no encuentra el oficial en el tratado de paz ningún consuelo.

Se defiende el oficial sin saber ya de qué, seguro en cambio de que tiene derecho a defenderse. Sin corazón también se vive. ¿No le obligaron a la tarea de luchar sin pedir explicaciones? No tiene la culpa de su estado. Una persona más delicada ya habría muerto, un oficial más torpe o más cobarde no hubiera llegado hasta aquí. Si en la batalla nada exigió su voluntad por qué añorarla después de la batalla. Si en la guerra no tuvo nombre ni causa, para qué significarse ahora.

Cumplió a ciegas con esa tarea, nada le obliga a abrir los ojos en esta otra.

Se le premió por su obediencia y no debería pretender otro premio.

Cae la noche, el oficial tiene permiso. Le aguardan los suyos dulcemente, seguramente ya dormidos.

Las noches antes de la guerra no eran muy diferentes a esta. También en esos otros días, en ocasiones, se demoraba.

Nunca supo nada de la mujer que le esperaba entonces, tampoco sabe nada de ella ahora. Y sin embargo es suya. Recuerda sus manos y cada vez que le ha cuidado y recriminado, sólo se le escapa la razón de cada una de esas conductas.

Seguramente ella de él también lo ignora todo, menos su apariencia, y es sólo su apariencia lo que recrimina y cuida con tanto esmero.

Podría amar a otro sin amar menos, ni de manera muy diferente, y el oficial lo sabe.

Hay quien es, por fin, al saberse sustituido. Quien se reconoce en la burla, quien se entrega a la nación o a Dios al saberse uno más, quien se emplea en el combate porque ha descubierto no su nombre sino la suma de su número. Hay quien lleva el uniforme sin ocuparlo del todo, sin distinguir su sangre de la sangre de los otros. Hay quien se fascina ante su reflejo, precisamente por la normalidad de su reflejo. Hay quien acepta ser oficial entre oficiales, vivo entre los vivos, muerto entre los muertos.

Hay quien sabe que su lugar no es propio y su casa ninguna, hay quien aprende lo que ya se sabe, quien sufre lo que se ha sufrido, quien repite lo que ya se ha dicho, sin dolor.

Hay quien acepta, sin magnificar su sacrificio.

Hay quien presta su pecho para las medallas ya entregadas a corajes parecidos.

Hay quien participa de la locura sin aspavientos.

Desde el fin de la guerra, apenas han pasado unos días, pero el oficial ya no recuerda el combate y busca enemigos nuevos.

A veces se da lo mejor a nadie o a cualquiera, y se esconden las virtudes entre quienes las merecen. Así son los oficiales, se dice, es su oficio, pero apenas le sirve de consuelo.

Este puente lo cruzó de niño, y mucho después, mil veces, y con el mismo sombrero.

¿A quienes tanto le quieren, qué les debe? Él también ha arriesgado la vida por nada.

Murieron muchos de sus hombres y oficiales no peores que los que han regresado, pero no es eso lo que le mantiene detenido en el puente.

A decir verdad, piensa el oficial, nadie se representa exactamente.

¿Debe uno sonreír entonces cada vez que escuche su nombre?

¿Por qué no arreglarse también la corbata muy lejos del espejo?

Recordó la facilidad con la que el bufón se

hizo con su nombre y su apariencia en la cantina, casi jugando y sin esfuerzo.

No debía de ser gran cosa si cualquiera era capaz de cuidarle y conocerle tan íntimamente. Si cualquier soldado era capaz de hacerse, sin darse cuenta, con sus maneras.

Y aun así el oficial cree que tiene algo propio, más allá de su nombre y su apariencia.

De pensamientos tan presuntuosos están hechos también los oficiales.

El oficial quiere envejecer hoy y morir mañana. Acabada la tarea su presencia en el asunto se demora innecesariamente, dolorosamente habría que decir, si el oficial fuese capaz de darse regalos que no le pertenecen. Del dolor lo ignora todo menos su constante presencia. Nada formidable, en cualquier caso. El dolor es vulgar y se repite.

No tiene nada que hacer, nuestro oficial, ni ha hecho nada.

Sus hijos serán hombres sin su cuidado. Ya lo son aunque lo ignoren. También sus soldados habrían luchado con idéntico coraje sin su presencia. Y sería la misma batalla.

Si en la derrota se le excusaba, la victoria también le excluye.

Su sombrero flota en el río, sin cabeza y sin motivo, y se marcha tan lejos, río abajo, que ya casi no lo ve. No sabe bien por qué lo ha tirado desde lo más alto del puente. Está otra vez descubierto y tiene frío.

De lo que hace un hombre que no sabe lo que hace, nada se puede decir.

Tal vez al joven soldado que con tanta elegancia le imitaba se le escape este gesto.

Tal vez, piensa el oficial, este gesto es sólo mío.

EL DESTINO DE CORDELIA

No cuesta nada imaginar el fastidio de Cordelia y su destino. Tratada como una desconocida, vigilada en cambio a distancia, perseguida en el jardín. Aquellas interminables charlas nocturnas, toda nuestra presunción y nuestra falsa amistad. A veces se hacían promesas.

La torpeza de Eduardo, la constancia de Saul. El grotesco ensimismamiento de ambos, los ruidos en la buhardilla, los pasos de dos hombres que ni toman, ni dejan, ni consuelan, ni inquietan. No conviene mezclar lo despreciable de la conducta de estos hombres con mi privilegiada situación y sin embargo en la cabeza de Cordelia cabe pensar que todo se confundía.

Los asuntos de Cordelia, mientras tanto, en su escritorio, conscientes de su escasa importancia. En esto, he de reconocer que no soy del todo objetivo y que tal vez me ciega la irritación que siento por aquellos que a su manera (¿hay otra?) imponen su tarea a cualquier consideración. Cómo explicar entonces la curiosidad, fascinación si quieren, que Cordelia y sus asuntos me producían. Supongo que todo puede ser reducido a una cuestión de temperamento. Se alzan los temperamentos como si nada ni nadie existiera y entre los besos se encuentran los motivos suficientes para atarse o desatarse de cualquier compromiso. Si se ama se pierde el paso y se confunde el camino. Esto a nadie debe sorprenderle porque ha sucedido antes muchas veces.

Hay quien presume de compostura, como si tal cosa fuera posible. Se dice «perder los papeles» cuando uno por fin se entusiasma.

Del escritorio de Cordelia sólo diré que leí cuanto ella escondía, sin saber si lo escondía realmente. No estoy orgulloso de ello, ni soy quién para hacerme fuerte entre los descuidos de Cordelia. Tampoco pienso condenarme. A mí todo me puede ser perdonado, desde mi posición, pues mis ridículos desvelos no tienen un fin preciso y en ausencia de objetivos, mis debilidades podrían ser dignificadas como humildes muestras de interés. Los frutos de una preocupación imprecisa son tan dulces...

Del viaje a Sicilia diremos en cambio que no respondió sino al siniestro esmero por saber más de lo que se tenía derecho a preguntar y de ahí que el regreso se hiciera tan penoso. Tal vez mi arrogancia a la hora de comprender a Cordelia e imaginar tan vivamente su destino me castigaba, como se castigan los marinos que se saben muy lejos de casa y de su verdadera naturaleza. Antes de que descendiera sobre todos nosotros esta seriedad tan propia de los inviernos más crueles, vivimos en la euforia de veranos amables y en esas playas se planearon nuestros pequeños crímenes, por más que ahora al juzgarnos, frente a Cordelia, nos regalemos la absolución, condenándola a ella, a nuestra Cordelia, a esta vida entre fantasmas. Ese sería el primer crimen de los muchos cometidos y olvidados. El segundo, la presunción de que Cordelia, antes o después del viaje a Sicilia, tuviese nuestros nombres o nuestra mera presencia en tan alta estima. En el jardín de Cordelia imaginábamos su deambular y su labor, asunto nuestro, cuando seguramente nos ignoraba, Cordelia, entonces y ahora. De comprobaciones tan inexactas están hechas las grandes pasiones.

La casita de Cordelia está en el Mediterráneo y no tan lejos de Sicilia, apenas tres días en yate de recreo. Esa distancia la conozco, porque la he navegado.

En el barco, como siempre sucede, sólo los marineros eran apuestos. No soy hombre de mar y de nada sirve fingir lo contrario. La vida de abordo se me hace tediosa, en un barco sólo pienso en salir. No es la tierra firme lo que añoro, sino el fin del confinamiento.

La gente, de cerca, se adivina mejor y es más fácil detestarla. En la lejanía encuentra uno siempre palabras más suaves para casi todo.

Yo era el primer sorprendido al comprobar que Cordelia suponía que pensaba en ella justo en los momentos en los que pensaba en ella. A la sombra de ese poder se vuelve uno insignificante.

Esto no cambiaba en mar o en tierra. El poder siempre conlleva cierto desprecio y cualquiera que haya amado o perseguido, y hasta el que sólo ha sonreído a una muchacha lo sabe.

Lejos del barco la zozobra no disminuía.

Cuando cruzaba los brazos enfadado, solo, en la habitación de invitados de mi adorable tía, daba ya muestras de estar derrotado. De vuelta hacia su casa, Cordelia ya me sabía perdido y no lo ocultaba.

Habría que saber templar mejor el alma de un desconocido, como se hace en sociedad, donde el desprecio no se aleja nunca de la etiqueta. Maldita Cordelia también por eso. ¿Era falso todo su amor? Seguramente. Por qué esa preocupación entonces por señalar tan minuciosamente la huella del desdén tras todos y cada uno de sus pasos. Por qué ese cuidado de unas flores que obstinadamente se nos negaban. ¿Por qué, Cordelia, nuestra Cordelia, nos hacías daño, aunque fuera aparentemente sin querer?

Saul cumplía con su tabla de gimnasia sueca religiosamente, desnudo de cintura para arriba, incluso en la cubierta del barco. Pero no está claro que amase a Cordelia tanto como decía. Mantenía con Eduardo encendidas disputas que podrían tener más de una causa. Al fin y al cabo, dos hombres pueden tener más de una razón para detestarse.

Y si bien es cierto que Eduardo, en su arrogancia, citaba a Ruskin y el ciclo celestial de Kirkconell, cómo estar seguro de que su insistencia al empañar las veladas con aburridísimos estudios de Milton no era sino su manera de decirle a Cordelia que su amor por ella no lo obligaba en realidad a nada. Ya en Sicilia se le vio agotado, y en el barco apenas abrió la boca, ¡Eduardo, el charlatán! Y su silencio, pobrecito, lo manejaba como si fuera un látigo con el que azotar no sólo a Cordelia, sino a quienes caminábamos detrás de ella. Saul por su lado rellenaba las horas en alta mar con su ruidosa alegría, su buen hacer, sus malas formas. Su absurdo bañador incómodamente breve, sus fuertes muslos, su mala sangre.

Saul y Eduardo, uno durmiendo siempre hasta el mediodía y el otro con sus impertinentes madrugones, mantenían posiciones altivas y saludables formadas en siglos de arrogancia. Siendo el uno un buen letrado y el otro un pomposo criminal, no era de extrañar que hiciesen lo que hacían. Es fácil ver como la gente se conduce de manera obligatoria, revistiendo su conducta de formas prefijadas, sabiendo muy bien lo que se hace, en cualquier caso. El agotador repertorio de trucos aprendidos se repite, también se dice que pasa el tiempo cuando se mueven las manecillas de los relojes, aunque esto último no sea más que una manera de presumir de que se puede separar esto de lo que, «tictactictactic», nos espera.

Ya vimos cómo se sentaban Saul y Eduardo en la placita de un café, en Sicilia, y la solemnidad con la que asentían bajo el sonido de las campanas.

Algunos hombres se muestran orgullosos de constatar lo evidente.

Mientras haya tiempo habrá quien presuma de saber qué hacer con él. No cuesta tanto poner cara de haber adivinado algo, la gente lo hace con frecuencia y sin ningún pudor.

También hay quien presume de haberse adaptado a la vida en el extranjero. Personas de mundo los llaman.

La elegancia conoce impostores parecidos. Muchas son mujeres.

No puedo aún decidir si entender o no lo que sucedió tras atracar en el puerto, ni consigo saber cómo Cordelia nos ha vuelto a reunir a su capricho. Tampoco puedo estar seguro de si somos ahora los guardianes del destino de Cordelia o los exploradores de un ejército insensato, aunque viendo cómo se esconde cada uno de nosotros de los demás para poder volver a mirarla en solitario, soy consciente de que ella es la dueña de distintas imaginaciones y cabe imaginar que la víctima irresponsable de tres locuras diferentes. Hay algo en nuestro premeditado desvarío que no pertenece a Cordelia, pero que ella es capaz de gastar alegremente como si fuera una fortuna prestada. También de eso es culpable, pero cómo reprochárselo. Cuando se sienta en el sillón con su lectura, nos ignora. Cuando camina entre las flores con sus tijeritas de podar bien dispuestas resulta evidente que está diciendo no, a su manera.

Tiene derecho Cordelia a despreciarnos y tenemos derecho nosotros a no darnos por aludidos.

Ni que decir que me siento afortunado por tener a mi disposición la casa de mi tía a menos de media hora de paseo del jardín de Cordelia, y sin embargo envidio que ellos sean sus huéspedes y yo sólo un visitante. Por la misma razón que mi orgullo se fortalece en cada caminata de ida y vuelta, mi corazón se derrumba al saberse el único extranjero de la casa.

El empeño de un hombre es ponerse constantemente frente a los ojos de una mujer, por más que ese empeño se enrede en estrategias destinadas a saberse presente, en lugar de conformarse con estarlo. No es pues de extrañar, como decíamos, el fastidio de Cordelia. Espiada, perseguida e ignorada, pero siempre por en medio.

Con Eduardo y Saul, no comparto más que el territorio de la farsa, cierta camaradería insincera y mucho, muchísimo vino. De sus motivos para querer a Cordelia sólo diré que son menores que los míos y que carecen de importancia. Ese es al menos el privilegio al que me obliga mi propio juicio. Un hombre no ha nacido para considerar las razones de otros en asuntos de amor. La política puede permitirse ciertos lujos que el deseo, por imperfecto que sea, tiene derecho a ignorar. También su aspecto será juzgado severamente, mientras sea yo quien lo juzgue, y si a veces quiero verlos apuestos será sólo para martirizar a Cordelia. No tendrán para mí nunca sino la gracia precipitada de los bufones. De hecho durante las noches en vela, en la habitación de invitados de mi amable tía, no recordaré sus nombres y proyectaré una y otra vez contra la pared sus defectos magnificados por la luz de mi lamparita, como una película hecha de sombras enanas, grotescas.

Mi tía, por otro lado, tiene mucha gracia y hasta cuando en el desayuno dice por fin lo que de verdad piensa, deja suficientemente claro que en realidad se lo está inventando. Hay gente así, Dios los bendiga.

Mi adorable tía nunca le quita a ninguna apreciación el hermoso velo de las intuiciones y como todas las almas buenas es tremendamente supersticiosa.

Después del desayuno, me pondré a la tarea de volver a querer a Cordelia. Una tarea sencilla que comienza con un paseo hasta su casa y que no termina hasta haber sido expulsado de su casa, cada noche.

Los otros hombres no me asustan, quede claro, porque no frecuentan mis pesadillas.

Si por un instante Cordelia recuerda mi nombre y me coge de la mano, en sueños, creceré tanto frente a ellos, que a la mañana siguiente, ya en el jardín o en el salón, en la compañía de esos hombres groseros a la espera de que Cordelia regrese de sus muchas siestas y ausencias, seré capaz por fin y por un segundo de mirarles de arriba a abajo, con esa profunda compasión que sólo se regala desde la más insensata de las vanidades.

Pensará Cordelia que esto no es amor, y se equivocará profundamente y de su futura desgracia no me sentiré en absoluto responsable.

Sigue hundiendo las manos en el agua, como si nada, mi pequeña Cordelia, mientras mi venganza toma cuerpo y encuentra un caballo a buen precio y una espada.

Ayer mismo, en la fiesta (siempre hay fastas fiestas en la casita de Cordelia), dejé mi vino sobre la mesa con un gesto despiadado; que no lo vieras, mi queridísima Cordelia, no niega el hecho de que tal gesto existiera, rotundo, enorme y hasta desproporcionado.

También es cierto, Cordelia, que estoy dispuesto a recibir por ello tu castigo en los términos que consideres adecuados, y que sólo quedar impune me haría verdadero daño.

No se me escapa que los dos bufones, Saul y Eduardo, tomaron buena nota de mi gesto y decidieron al trote darle respuesta. Lo ridículo de sus acciones frente a la indudable nobleza de las mías no puede sino hacer crecer la pena que siento por ti. Porque y a pesar de que aún no se ha dicho, me conmueve profundamente la fealdad de todos tus pretendientes, y aquí me incluyo, y en la fealdad de todos nosotros veo claramente lo que no puede ser más que un síntoma inequívoco de tu propia vulgaridad.

Existen, querida Cordelia, mujeres más hermosas que tú y sin embargo mi amor es sincero por más que mis métodos digan lo contrario.

También tú en el jardín te disfrazas y en tus manos guardas flores imprecisas y en el horóscopo del diario encuentras razones más que suficientes para acabar conmigo.

¡Yo a veces me siento junto a la verja a fumar un cigarrillo imaginando que te ignoro, y soy tan feliz!

En los días en los que me da por revisar mis propias intuiciones, no me engaño al respecto de ese encuentro en Sicilia, ni me engaño al recordar el viaje en barco, ni puedo evitar reírme de esta fábula campestre que nos ha reunido de nuevo tan cerquita de Cordelia. Una mujer que reúne a sus pretendientes bajo un mismo techo no tiene intención de querer a ninguno, por la misma razón que aquellos que creen ver fantasmas buscan fantasmas y nada más.

Si Saul y Eduardo eran huéspedes, yo no era ni siquiera eso, lo cual, lejos de irritarme, me regalaba una importancia inmerecida pero que yo, en mi locura, utilizaba como quien viste de prestado.

El instinto construye al animal, y así los lobos y por eso los corderos, y el galope de los caballos y la perspicacia de los zorros. Nadie ha devuelto nunca una piel regalada.

¿No te canso? Pregunta a veces Cordelia como si tal cosa fuera posible, y uno, uno de nosotros o cualquiera se sirve vino y alarga la respuesta, ignorando que la pregunta no existía.

Si un solo hombre ya es tonto en asuntos de amor, cuánta tontería pueden reunir tres, alrededor de un mismo asunto.

Las matemáticas de esta operación superan mis conocimientos y mis fuerzas. Puede que el universo entero esté formulado a partir del capricho de una mujer insensata. Es más que posible. El miedo de un hombre nos regaló al fin y al cabo todas las guerras, pero qué culpa tiene de tanta presunción la pobre Cordelia. Lo que hacen los hombres en su casa, y no tengo más remedio que ser uno más entre los hombres de su casa, no es sino ignorar el encanto de los marineros y suponer sus propios encantos.

Ojalá Sicilia estuviera aún más lejos, en otro mapa.

A veces dejo los guantes en la mesa y me regalo cierta nobleza, y a veces me pierdo, mi vida.

Para consolar mi ausencia están el resto de los hombres, si estuvieron tan dispuestos a la hora de tentar todos mis miedos, puedo pedirles ahora este pequeño favor. De los motivos de los hombres conozco un par de cosas, de lo que tú imaginas que piensas, mi querida Cordelia, lo ignoro todo.

El destino de Cordelia es pues, y ya está claro, vivir y morir entre fantasmas. Que su espíritu pierda todo interés por esta causa depende de distracciones mayores. Las mujeres ya se sabe se distraen con casi nada y en eso, al menos, no es Cordelia una excepción. Si algo sé de Cordelia es lo que ya he aprendido entre otras hermosas jovencitas y por eso soy capaz de seguir vivo cuando aparenta distraerse.

Siento volverme de pronto tan sensato, mi queridísima Cordelia, pero en Sicilia jugabas tú al verano y ahora, en tu propia casa, juego yo al invierno.

De todo este juego, también lo sé, no quedará nada, y sin embargo, no supongas, Cordelia, que no tengo corazón, porque quedará un reflejo apenas distorsionado sobre el agua del estanque, cerca de las flores, lejos de tus manos, pero también junto a ti.

Sucede, piensa mientras tanto Cordelia, sucede, por más que ellos no lo sepan.

Índice

Los oficiales   9
El destino de Cordelia   59